W0397776

Heinz Kahlau ***Querholz***

Heinz Kahlau

Querholz

Sinn- und Unsinngedichte

Aufbau-Verlag
Berlin und Weimar
1989

Querholz

Vom Querholz weiß ich, es galt stets als Mittel.
Es hatte quer zu stehn und quer zu liegen.
Es wird noch vielerorts gebraucht und oft verwendet.
Nie hat es jemand ausgewählt nach seiner Schönheit.

Querholz kann ungleich, krumm sein
und verdreht gewachsen.
Wenn es nur zäh und haltbar bleibt.
Querholz muß fest sein,
denn es muß Zug und Druck verkraften können.
Was sonst verworfen wird,
schätzt die Vernunft als Querholz.

1988

Schreiberfahrungen

I

Aus jeder veröffentlichten
Verbindung von Worten
ist mehr zu entnehmen
als hineingelegt wurde:
Es wird von anderen Köpfen
herausgenommen.

II

Mit bloßen Worten
bewegt man nur
die Luft
über den Dingen.
Um die Dinge
zu bewegen,
müssen zuvor
die Menschen
mit Worten
dazu bewegt werden,
die Dinge
bewegen zu wollen.

III

Die Kraftfelder der Worte
wirken in den Räumen
zwischen ihnen
und in den Zeiten,
in denen sie
auf Menschen treffen,
in denen sie
Wirkungen haben.

1986

Jahrgang 31

„Trau keinem über dreißig"

I

Uns haben die hungrigen Hunde gefeiert –
sie sahen ihre Mahlzeit in uns.

Uns haben sie voll mit Hoffnung geleiert,
wir waren die Zukunft für Hinz und Kunz.

Uns steht noch das ganze Weltall offen,
wir bleiben am Leben bis zweitausendzwei.

Wir bleiben eigensinnig beim Hoffen
und hören verängstigt auf Säuglingsgeschrei.

II

Presse, Funk, Fernsehn, Relaissatelliten.
Hoch Einstein! Hoch Hahn! Und – hoch Wernher von
 Braun!
Hoch Planck! Norbert Wiener! Und – hoch lebe
 Darwin!
Wir wollen dem Marx – Engels – Lenin vertraun!

E, das ist Masse mal Lichtblitzquadrate,
Atomkernzerspaltung mal Mao Tsetung,
zwölftausend Wurzeln in Bruchteilsekunden –
das bringt unsre alte Erde in Schwung!

Das Bollwerk des Sozialismus steht ewig.
Pfui Tito und hoch lebe Berija.
Wir heben ein neues Geschlecht aus der Taufe:
Heil Jesus! Der neue Messias ist da!

Nagaikas, Raketen und Laserkanonen.
Wir setzen den Ratten ein Katzenherz ein.
Wir heizen die Kerker mit Halbleiterstäben
und halten den Ozean abwasserrein.

Wir messen den Biostrom der Gedanken,
wir dopen mit Isotopen das Brot,
wir können die Lebenserwartung verdoppeln,
und täglich stirbt man den Hungertod.

III

Unsre liebe gute Mutter Erde
hat zwei Lager und ein Niemandsland.
Und damit es täglich Morgen werde,
schlagen wir uns gegenseitig, wechselseitig,
doch auf keinen Fall zu zeitig,
unsre Superwaffen aus der Hand.

IV

Über uns hängt die Damoklesbombe,
unter uns muß ein Verräter sein,
zwischen uns knüpfen wir Freundschaftsbande,
aber sterben darf jeder allein.

V

Der Sozialismus siegt!
Und wie steht es mit dem Atem?
Das Friedensbanner fliegt!
Ein ganz neues Raumgefühl –
ein weißer Wirbelwind
und der materielle Anreiz,
so erreichen wir, dank Schappi,
garantiert das Weltniveau.
Doch was sagen die Chinesen
zum Duft der großen, weiten Welt?
Nikita denkt,
und Bauknecht weiß,
was Frauen wünschen.

Der Omo-Reporter unterwegs,
in Vietnam und Kambotscha,
Chanell Nummer fünf ist mit dabei,
kommt Lumumba Nummer zwei.
Glücklicher Wein von glücklichen Reben!
Zypern ist nicht die Welt.
Rom bleibt Rom und Allah ist Allah,
wenn es China so gefällt.

VI

Totalvision und Intervision
und Gottes eigener Sohn.
Revolution und Investition
und die Leiden des Herrn Cohn.
Die Arbeiter-Bauern-Fakultät
und das gute Braunsche Rohr,
und was morgen in der Zeitung steht,
wer behütet uns davor?

VII

Mein Bruder aus Soundso
wagte eine Ansicht
meines Ministers zu bezweifeln.
Offiziell
hat er von nun an
mein Feind zu sein.
Falls er wiederkommt,
werde ich ihn
für die Nationale Front begeistern!
Das ist alles,
was ich für ihn tun kann.

VIII

Meine Schuhe sind aus München,
meine Hose aus Glauchau,
mein Hemd ist aus Schweden.
Meine Zahnkrem aus Westberlin,
meine Zigaretten aus Amerika,
meine Gastritis aus dem ND,
aber meine Ansichten sind eisern.

IX

Uns
zeigt die Partei,
wo Gott hockt.
Uns
wachsen die Kaderakten
nicht in den Himmel.
Uns
ist der große Wannsee
weiter als der Mond.
Uns
wird man nicht fragen.
Wir werden nur befragt.
Uns
sind die Geheimdienste
so alltäglich
wie unsren Eltern
der Herr Pastor war.
Uns
wird jeden Tag mitgeteilt,

was schwarz
und was weiß zu sein hat.
Für uns
ändert sich das
jeden Tag.

X

Wir waren nicht mehr schuld,
aber schon verdorben.
Wir waren die Zukunft!
(Wer Gegenwart ist, wird erschossen.)
Wir,
wenn wir brav sind
und verläßlich,
kriegen manchmal Auslauf
in die Welt.
Wir
reißen die Kinderaugen auf,
wenn Schönefeld unter uns liegt,
und benehmen uns schon in Prag so,
als wäre nichts neu für uns.
Aber überall
dürfen wir Antwort geben
auf die Frage,
warum unser Volk
so schweinisch gemordet hat.
Wir
sitzen auf jedem Stuhl so,
als würde er gleich elektrisch.

Wir
sind eben die Zukunft!
Wehe dem,
der bezweifelt,
daß wir schon alles
in Ordnung bringen.

1960

Erfüllung

Wenn der Bestellzettel
der Hoffnungen
ausgefüllt wird,
werden von vielen
die gleichen Worte
benutzt.
Werden
Liebe und Gerechtigkeit
an die einzelnen
ausgeliefert,
kann man sich
über den Begriff
Erfüllung
schon nicht mehr
einigen.

1984

Die Menschen

Wo doch
die Mutter
aller Dinge
seither
der Frieden
ist.

1987

Dilemma

Die nächste Revolution
kann nicht
in der Übernahme der Macht
durch die Computer
bestehn.
Die uns
entmündigen müssen,
um eine Zukunft
zu haben
für sich
und für uns.

1983

Unsere Natur

In all der Natur
haben nur wir
die Natur
zur Unnatur.

Mit ihr
müssen wir
fertig werden,
bevor sie
mit uns fertig ist.

1987

Ohne Schonung und Niedertracht

Leg dich ins Gras, laß dich nach hinten fallen,
blicke hinauf ins unbegrenzte Hier,
lasse dein Blut von Sommerfrieden lallen.
Sehr bald betritt dich irgend so ein Tier,
das an dir Nahrung sucht, vielleicht auch Wohnung.

Solang du ruhst, erhält sich der Verdacht,
daß du verspeisbar bist – ganz ohne Schonung,
doch immerhin auch ohne Niedertracht.

1987

Zum Höheren

Einfache Lebenssysteme
lernen nur aus ihren Erfolgen.
Die entwickelten jedoch
auch aus ihren Fehlern.

1988

Gute Gelegenheit

Der Säbelspitzenbambus,
die einzige Nahrung
des Pandabären,
stirbt aus.
Die Ursache ist eindeutig:
Menschenwerk.
Gelingt es,
die letzten Pandas
durch eine Ersatznahrung
zu retten,
haben auch wir wieder etwas
für unser eigenes Überleben
dazugelernt.

1986

Vom Winde

Was mir am Winde so gefällt:
Daß man ihn nur erkennt
durch seine Wirkung.
Erfände ich ein Land,
so hätte seine schönste Stadt
am Meer zu sein.
Damit der Mensch,
wie stark er sei,
vor Augen habe:
Das Unsichtbare,
das so zärtlich zaust,
reißt Welten ein.

1986

Kanon

Freiheit gefährdet, das ist wohl wahr,
was wäre Freiheit frei von Gefahr?
Sichere Freiheit – wo soll's das geben?
Sicherheitsfreiheit – Was für ein Leben!

1988

An euch alle

Hier spricht Oliver Vout. Wer mich empfängt, bestelle
dem Präsidenten, daß er meinen Sohn,
John Michael Vout, sofort und auf der Stelle,
ins Weiße Haus zu holen hat, ans Mikrofon.

Ich will ihn sprechen, also sucht die Trampe,
die meinen kleinen Jungen bei sich hat.
In Colorado irgendwo haust diese Schlampe
mit ihrem Kerl in einer miesen Stadt.

Ich hocke hier in hundertvierzig Tiefe,
bei Norfolk, in dem nagelneuen Boot,
das mir die Navy übergab. Ich riefe
John Michael nicht so kurz vor meinem Tod,

wenn es nicht dringend wäre. Aber er soll wissen,
daß ich ihn liebe. Also schafft ihn ran.
Er wird mir vor der Menschheit sagen müssen:
Daddy ist super, Daddy ist ein Mann!

Ich hör euch lachen, Leute. Ihr hört mein Gerede
und denkt, der ist beknackt, ein Amateur
an seiner Quasselbox, vergnatzt und blöde.
Doch wer den Durchblick hat, grinst schon nicht
mehr.

Das Boot, bestückt mit Trinidad-Raketen,
auf Grund gelegt. Wie unser Auftrag war,
sind wir in diese Übung eingetreten:
Angriffsmanöver, Schlagkraft nuklear.

Der Schlüssel steckt, der Code ist eingegeben.
Da, wo ich bin, kommt nie mehr einer ran.
Die andern sind schon längst nicht mehr am Leben.
Was man mit einer Mahlzeit alles machen kann.

Ich bin der Kommandant. Und Herr der Erde.
Ich setze mir noch ruhig einen Schuß
und warte, daß ich Michael sprechen werde,
dann mache ich mit euch und mir für immer Schluß.

1988

Schmerzen

An die Schmerzen andrer kann man sich gewöhnen –
manche sagen, an die eignen auch,
nur es stört auf Dauer jedes Stöhnen,
kommt es nicht aus unserm eignen Bauch.

1988

Religion

(Nach einem Fernsehbericht aus Afrika)

Ja, wir haben einen Schöpfer,
der alles Lebendige
nach dem Tode
zu sich nimmt.
Selbstverständlich
nur die Seelen,
die er reinigt
und wieder
für neues Leben verwendet.

Wenn einer von uns
dem Schöpfer
etwas zu sagen hat,
schickt er ihm
als Boten eine Seele.
Wenn er beispielsweise
geheiratet hat
und um Kinder bittet,
erzählt er das einem Stier,
den er dann tötet.

Das Fleisch essen die Gäste,
aber die Seele
macht sich sofort auf den Weg
zum Schöpfer.

Für kleinere Bitten
reichen Ameisen und Käfer,
und nicht immer
müssen die Boten gegessen werden.

Wenn aber der Schöpfer
den Regen vergißt
und alles verdurstet,
dann muß unser König
seinen Lieblingssohn schicken,
wenn er nicht rechtzeitig
einen tapferen und mächtigen Feind findet,
der die dringende Bitte
um den fehlenden Regen
übernimmt.

1985

Zuviel Mühe

Da ich schon
mit der Ehrlichkeit
genug Kummer habe,
denke ich nicht daran,
es auch noch
mit dem Betrug
zu versuchen.

1983

Versammlung

Die Erklärungen
sind abgespult.
Die Bestätigungen
wurden gehört.
Einer,
der wieder einmal
etwas nicht so genau
verstanden hatte,
bekam seine
Aufklärung.
Auch der eine,
der immer was
zu meckern hat,
war schon dran.
Nun schweigen sie
hartnäckig. –
Bis das befreiende
Stuhlrücken
im geschäftigen
Abschiedsgemurmel
untergeht.

1980

Grabinschriften

I

Hier ruht, der nicht log.
Seine Gebeine,
so hoffen wir,
sind vollzählig.
Wir mußten sie heimlich
zusammentragen,
als alles ruchbar war.

II

Den Hungertod
starb dieser Mann.
Er nahm nichts von seinen Feinden.
Auch Belehrungen nicht.
Jedem ins Auge zu sehn,
aus Anstand,
war sein Gesetz.
Er hat den teuersten Grabstein
durch seinen Sohn.

III

Diese Frau
hat niemals nein gesagt.
Sie wollte geliebt sein.
Sie hörte das erste JA,
als Sand auf sie fiel.

1962

Evolutions-Sonett

Als ich, durch Zufall wohl, als Ehrengast
an einen hohen Tisch geführt, in Freundesland –
schien mir die Runde unbekannt bekannt.
Da hat mich, fröstelnd, der Verdacht erfaßt,

daß aus der großen Zahl der neuen Herrn
nur der hinauf in solche Höhen schwimmt,
der sich der Strömungen gemäß benimmt.
Denn jeder gab sich stolz und subaltern.

Und dort, wo ich, als Fremder, nicht ein Wort
verstand,
auch die Gesichter waren fremd für mich,
hab ich ein uraltes System erkannt,

das jeden ausfällt, der dazu nicht paßt.
So waren ihresgleichen unter sich,
und ich war – wieder mal – der falsche Gast.

1970

Große Sprünge

Ohne den Sprung
über die Schwelle,
vor der alle übrigen
Säugetierarten
daran gehindert werden,
die eigene Art
vorsätzlich zu töten,
wäre der Mensch
zum Affen geworden.
Es war der Anteil
des Mordens
an der Menschwerdung
des Affen, die uns
außer der Arbeit
in diese Entwicklung trieb.
Der nächste Sprung,
die endgültige Vernichtung
der eignen Art
zu verhindern,
ist der Sprung
über den atomaren Abgrund,
obwohl
die gegenüberliegende Seite
vom Dunst unsrer Werke
verhüllt wird.

1985

Eltern

Wir Kinder von Vater Gesellschaft,
wir Kinder von Mutter Natur,
wir hatten verschiedene Väter,
doch eine Gebärerin nur.

1964

Charles Laughton

Vor die Wahl gestellt,
einen erfolgreichen Inspektor
oder einen Mörder aus Menschlichkeit
zu spielen, entschied sich Charles
für die Rolle des Mörders.

Zugleich diskreditierte er
eine neue Methode der Täterfindung:
Er entkam.

1977

Erfolgreich

Es gibt eine Abart zu denken,
die aus Dummheit und Schläue besteht,
weil es dabei nicht mehr um das Leben,
sondern nur noch ums Haben geht.

1988

Tradition

Ein sibirischer Anhänger
des freien Verses
und des Panslawismus
berichtete, Mitte der achtziger Jahre,
von einem Bittgang
an einem Sprechtag
im Allunionshaus seines Verbandes:
Er hätte einem Staatspreisträger
zugesehn,
wie dieser einer Audienz
teilhaftig wurde.
Dieser Mann hätte
das erhabene Dienstgemach eines Sekretärs
würdevoll durchmessen,
den imponierenden Schreibtisch
umschritten,
einen Kuß auf die
darauf ruhende linke Hand gehaucht
und sich danach erst
zu dem Stuhl begeben,
neben dem er, stehend,
die Aufforderung
zum Platznehmen
erwartete.

1986

Hoffnung

Kurz dauert das Glück,
lange die Qual –
doch am längsten
sollte
die Hoffnung dauern.

1987

Neues Denken

Der Mann,
der in Tschernobyl
daran sterben mußte,
daß er die Schutzkleidung
von sich wies,
machte uns allen
begreiflich:
Das neue Denken
liegt außerhalb
unserer Natur,
die wir demnach
zu überwinden
haben.

1987

Vier Haltungen

Abgesehen von denen,
die sich einen Dreck
um die Gesellschaft kümmern,
solange es ihnen
gut genug geht,
gibt es drei Grundhaltungen
zur Existenz
des Sozialismus:
Zwischen denen,
die ihn wütend bekämpfen,
und denen,
die ihn erbittert verteidigen,
stehen viele,
die ihn gelassen
als den Fortgang
der bisherigen
Menschheitsgeschichte
ansehen,
die ohnehin
nur durch einen
dritten Weltkrieg
auszulöschen ist.

1985

Retortenbaby

Junge, gesunde Ärztinnen
in blütenweißen Gewändern
werden eines hellen,
nicht allzu fernen Tages,
feierlichen Schrittes,
der geschundenen Menschheit,
auf einem sterilen Kissen,
das erste wirkliche
Retortenbaby
entgegenhalten.

Einwandfrei,
wird der große Herrschende flüstern,
weg mit den Frauen.

1988

Neue Furcht

Es gibt Stellvertreter
der Arbeiterklasse,
die fürchten inzwischen,
daß diese
sich neue Vertreter
wählt.

1988

Keine Ahnung

Im Kreis scheinst du gegangen.
Folgst stolpernd einer Spur,
die deinen Blick gefangen:
dem Kreisen der Natur,

das dich hinaufgeschwungen
ins obere Geäst.
Du folgtest ihr, bezwungen,
bis sie dich fallenläßt

und Neuem, ihrem Wirbel
entsprechend, Wege bahnt.
Ein Virus oder Zirbel,
von dem du nichts geahnt.

1987

Abendmahl

Als ich
beim Abendmahl
im Fernsehn
einem Mann zusah,
der einen andren schlug,
bis dessen Ohr
zu Boden fiel –
erkannte ich,
wie wenig reif ich war
für diese Welt.

Die beiden kannten wohl
einander nicht
und ich die beiden nicht,
und ich war doch Partei
für den Geschlagenen,
dem keine Hilfe war
durch mich
beim Abendmahl.

1984

Mangelwirtschaft

Jede Fülle
hat ihren Mangel,
und woran
du teilhast,
kannst du verlieren
durch das,
was dir fehlt.

1986

Hilflos

Warum zerrt
diese junge gesunde Frau
so sinnlos
an ihrem schreienden Kind
herum?
Kommt sie
vom Wohnungsamt?
Hat ihr Mann sie
verraten,
war wieder etwas im
Radio,
oder ist sie nur
unterwegs
nach passenden Schuhn?

1985

DDR konkret

Und wenn
sie platzen –
sie werden
plaziert!

1982

Glaubensregeln

Du mußt nicht alles
glauben wollen,
was dir
die Angst nehmen könnte!
Wie immer sie
sich Mühe geben,
die es besser wissen sollten,
glaubhaft zu sein –
sie wissen es
doch auch nicht.
Sogar der Sand
ist nicht mehr
sauber genug,
als daß man
seinen Kopf
hineinstecken könnte.

1985

Falsche Hoffnungen

Was wir gern vergessen haben,
könnten wir das nicht begraben?
Ist das nicht von uns besiegt,
wenn es in der Erde liegt?

1968

Mit zehn (1941)

Als sie die Juden
an die Arbeit trieben,
bin ich voll Angst
im Walde stehngeblieben,
hab mich verborgen
hinter einem Baum –
doch vor den Wächtern
mit den Hunden kaum.

1987

Die Dummheit der Klugheit

Immer schon
wurde die Klugheit
heftiger und erfolgreicher
bekämpft
als die Dummheit.

Die Klugheit, die nie
ihrer selbst wegen
klug ist,
muß sich
erkennen lassen,
weil sie wirken will.

Die Dummheit aber,
in ihrer Selbstsucht,
verbirgt sich,
so lange als möglich,
hinter
der Klugheit.

Außer
sie ist
an der Macht.

1983

Schönefeld

Vollgesogen
von der Freundlichkeit
deiner Genossen
in Armenien und Aserbaidshan
und Rußland,
kommst du von Moskau
nach Berlin,
und ein sozialistischer
deutscher Lümmel
in seiner prallen Uniform
haut dir
seinen ersten Satz
in deiner Muttersprache
so ins Gesicht,
daß du die Plasteverschalung
des Identifizierungspferchs
schon wie ein Hammel
betrittst,
der grade noch ahnt,
wie beschämend es sein kann,
ein Mensch zu sein.

1982

Auf gewisse Manzen

Sich, weil man nicht geliebt wird, zu emanzipieren,
das sollte kluge Frauen doch genieren.
Macht, wenn ihr klug seid, auch die Männer klug,
dann sind wir füreinander gut genug.

1966

Konkrete Macht

Die Frau
hat zwanzig Horden Erdbeeren,
die grüne Geldkassette
und die Waage.
Immer der Reihe nach.
Ordentlich bedient wird,
wer sich ordentlich benimmt.
Sie
wird sich doch nicht
aufregen.

Wie der Mann
absteigt,
nachdem er dich
gestoppt hat.
Wie er die Maschine aufbockt,
die Brille hochschiebt
und
auf dich zukommt,
gemessenen Schrittes,
während er die Handschuhe auszieht
und über dich
hinwegsieht.

1985

Auch der

Auch der Stein
des Anstoßes
wurde schon
rundgeschliffen
vom Meer.

1986

Im Namen des

Wenn sie ihn damals
nicht gekreuzigt hätten,
sondern geköpft,
wäre das alles seitdem
im Namen des
heiligen Beiles geschehn?

1986

Ohnmacht

Ich bin so ohnmächtig,
daß ich nicht einmal
meinen eigenen Kindern
sagen kann:
Euch werden die Bäume
nicht aussterben.
Euch werden die Wasser
nicht giftig.
Euch wird die Erde
nicht wüst,
solange ihr lebt.
Und es ist mir
kein Trost
zu wissen:
Kein Mensch
kann seinen Kindern
so etwas sagen,
außer er lügt
oder hofft.

1987

Prinzipien

Die große Zeit
des männlichen Prinzips,
nach dem der Stärkere
bestimmt,
was wahr und richtig sei,
ist wohl vorbei –
obwohl es immer noch
der Welt
den Atem nimmt.

Die Rettung kommt
vom menschlichen Prinzip,
nach dem der Klügere bedenkt,
was wahr
und richtig sei.

Wie aber bricht
die Klugheit sacht
die Macht?
Welches Prinzip
erschafft uns
Überlebenskraft?

1985

Umlügen

Alle Geschichten,
die er nicht
umlügen kann,
versteht der Mensch.

1988

Der Traum vom Fliegen

Nicht mal meinen Traum vom Fliegen hatte ich allein.
Alle haben wir vielleicht die gleichen Träume.
Alle müssen etwas ganz Besondres sein,
wie im großen Wald die vielen Bäume.

Die der Wald sind, aus fast gleichem Holz,
wachsen beieinander, wollen in die Höhe.
Jeder, der es schafft, ist darauf stolz,
wie ich an den Kümmerlingen sehe.

Doch zusammen sind sie eben Wald,
halten sich in Wind und Wetter gegenseitig
in der Erde, trotzen der Gewalt
und vergehen einzeln, oft zu zeitig.

Deshalb muß der Traum vom Fliegen sein,
muß ihn jeder für sich selber träumen. –
So fühlt jeder sich für sich allein
unter, zwischen soviel andren Bäumen.

1985

Glasklar

Warum nur nehmen die Fehler
mit der Begeisterung ab?
Die Sprünge werden halt kürzer,
wird der Atem erst knapp.

1956

Überraschende Begegnung

Als ich da ging
auf eine gläserne Tür zu,
sah ich,
mir entgegenkommend,
einen dümmlich lächelnden
dicken Kerl,
der unerwartet
eine zufällige Geste machte,
an der ich
mich erkannte.

1987

Jugend

Damals
wußten wir
noch nicht,
daß der Mensch
ein Zufall ist.
Unwiederholbar.

1985

Zweigeschlechtlich

Sie stiegen
vom Moped
und legten sich
zueinander.
Waldwiese,
Blumen
und Schmetterlinge.
In ihren Kopfhörern
hatten sie jeder
einen anderen Sender.

1986

Die schiefe Ebene

Immer das Ding mit der schiefen Ebene.
So haben sie die Pyramiden gebaut,
so kommst du auf die schiefe Ebene.

Jetzt liegt die ganze Welt auf ihr,
und sie rutscht abwärts,
ihr eignes Gewicht schiebt sie.

Hat keinen Sinn,
deine Hand dazwischen zu halten
oder den Kopf.
Man muß Ballast abwerfen.

Aber
wie sie herumhantieren und Worte machen,
welchen Ballast und wessen und wohin damit!
Manche wollen Sand streuen!

Aber das eigne Gewicht
und die schiefe Ebene.
Wie wir da bloß raufgekommen sind,
so nach und nach
und ganz von alleine...
Nun ist es das Ding mit der schiefen Ebene.

1987

Das Warten

Manchmal, mittendrin,
wenn sie beisammensitzen
und auf den nächsten
Befehl warten,
sagt irgendeiner
irgend etwas Belangloses,
und schon
wiehern sie los,
schlagen sich gegenseitig
auf die Schenkel,
knuffen sich
in die Rippen
und lachen, lachen,
bis ihnen
die Luft ausgeht.

Danach
ist es still
wie nach
einem Grubenunglück.
Und keiner
sieht gern
einen anderen an.

1978

Sein oder Haben

Kein Rad kann sich drehn
um verschiedene Naben.
Es dreht sich ums Sein
oder dreht sich ums Haben.

1986

Wünsche an C.

Daß dich dein Hoffen stelle
in deines Gedankens Licht,
handle, daß seine Helle
nicht an den Schatten bricht.

Laß deines Wesens Wärme
nicht an den Dingen vergehn,
noch kannst du Häme und Härme
mit deinen Sinnen verstehn.

Laß deines Lächelns Schimmer
nicht welken an Stumpfsinn und Stein.
Laß mich bei dir und für immer
in deinen Blicken sein.

1988

Bist fort

Im Traum
hab ich dir nachgeschaut,
du gingst,
wo nur noch Himmel blaut,
zu einem fernen Stern.
Ich kam,
wohin kein Mensch mehr geht,
wo kaum
uns Traum noch hinverweht,
wo alles still und fern.

Wie
der Sommer war,
in dem dir
das geschah,
weiß keiner mehr.

Was
dich je betrübt
und was du
hier geliebt –
alles ist leer.

Du sahst
mich stumm und fragend an.
Wie kann
ich so nach Hause gehn? –
Niemand wird sehn.
Du hast
nach meiner Hand gefaßt,
da verstand
ich deiner Trauer Last:
Du mußtest gehn.

Wie
der Sommer war,
in dem dir
das geschah,
gibt keinen Sinn.

Was
dich je betrübt
und was du
so geliebt –
das ist dahin.

Die Welt,
die sonst so wichtig war,
ging dir
verloren, ganz und gar,
wie jedes Wort.
Du gingst
aus dieser lauten Zeit,
so jung,
in die Vergangenheit –
nun bist du fort.

Dein Grab
war blumenübersät,
doch alle
blühten dir zu spät,
du warst schon fort.
Im Traum
hab ich dir nachgeschaut,
du gingst,
wo nur noch Himmel blaut,
zu fremdem Stern.

1988

Schwierigkeiten der Macht

Der tiefste Haß
des herrschenden Mannes
gilt der Natur.

Daß er
aus der Frau
kommt.
Daß er
in die Erde
zurückmuß.
Daß er
Natur
sein muß.

Dieser dumpfe,
feuchte, warme
wuchernde
Ungehorsam
in ihm.

1988

Zu einer Rechtfertigung

So schlau du bist, Madam, so sonderbar
ist auch dein größter Irrtum, welcher heißt:
Daß jeder Kluge, der bei dir zugegen war,
in deinem Fleisch vermehrt hätt deinen Geist.

1976

Die Lesemaschine

Jeder Text,
egal welchen Inhalts,
kann von dieser Maschine
gelesen werden.

Eine andere Maschine
stellt dann
die Bücher her.

Solange
noch die Maschine fehlt,
die Texte herstellt,
wird an der
Komplexheit
dieses Systems
gearbeitet werden.

Solange es
Bäume und Leser gibt,
ist dafür Zeit.

1987

Sinngedicht

In einem schönen Flugplatzrestaurant
blickt einer lächelnd von der weißen Wand.
Ich kann den Sinn des Lächelns nicht verstehn.
Erleichtert es das Kommen oder Gehn?

1966

Der Schreibtisch

Dieser Mann,
der hinter dem Schreibtisch
immer leiser wird,
damit du,
vor dem Schreibtisch,
dich kurz faßt,
denn Bitten
wirken so
wie Forderungen,
dieser Mann
hat das alles gelernt
auf dem Weg
um den Schreibtisch
herum.

1982

Die einzige

Die einzige Bestie der Evolution
ist die Bestie des Verstandes,
die über sich das Netz der Moral
werfen mußte,
um nicht an sich selber
zu Grunde zu gehn.

1988

Spätes Spiel

Ich habe mir ein spätes Spiel gefunden,
das mich bewahrt vor jeder Langeweile
und das ich ohne fremde Hilfe spiele.
Es macht mich manchmal still und ungesellig,
aber es macht mich wach für alles ringsum.
Ich sage mir, das siehst du, hörst du, fühlst du,
das riechst und schmeckst du jetzt
vielleicht zum letzten Male.
Ich spiele dieses Spiel,
seit ich begriffen habe,
an welchem Abgrund
sich die Welt bewegt.

1986

Stellvertreter

Jegliche Tat
verweist auf ihren Täter,
es sei:
Der Täter
war ein Stellvertreter.

1988

Übungen

I

Persönliche Tragik:
Vor der Abschaffung
der Todesstrafe
war Henker
ein ehrenwerter
Beruf.

II

Grenzen wird es
immer geben,
sagte verträumt
der pensionierte
Zöllner.

III

Und nun noch
diese Übung:
Entwaffnung
der eigenen
Beschützer,
nachdem sie
überflüssig
geworden sind.

1987

Zynische Ballade

Tatsächlich hatten sie beide
ein starkes Bedürfnis,
geliebt zu sein.
So liebten sie sofort,
zu ihrer Freude,
heftig aufeinander ein.

Dabei entstanden zwei Kinder,
zwei sind gesünder
und wohl auch modern.
Aber statt mit den Kindern zu leben,
sahen sie eben
mit ihnen fern.

Dann sagte mal einer
ein offenes, heftiges Wort.
Die Antwort war noch gemeiner,
da gingen sie voneinander fort.

Er zu einer ebenso andern,
sie zu sich selber zurück.
Die Kinder überstanden die Faxen,
wurden erwachsen
und wollten nach Osnabrück.

1985

Antwort

Es gefällt mir immer,
wo ich Freunde finde.
Freunde fand ich
schon an vielen Orten
vieler Länder.
Wo ich bleiben möchte?
Bei den Meinen.

1986

Schwer erziehbar

Nicht einmal
mit Elternliebe
konnte ihr
beigebracht werden,
daß man
zwei eigene Meinungen
zum Leben braucht.

1987

Und doch

Und doch:
Es ist der Augenblick
der Waage
im Gleichgewicht.
Der Erdball ruht.
Wenn ich nicht Furcht
noch Hoffnung
in mir habe –
wie tut das gut.

Und dann:
Sich in sein Gegenteil
verströmen –
du läßt in dich
dein Gegenteil hinein.
Leben und Tod
in Sehnsucht zu versöhnen.
Das Sein.

1985

Vorfall

Da setzt sich einer mittags,
schon sehr besoffen,
mit seiner Flasche im Arm
auf einen Bauaufzug.
Er flucht vor sich hin,
er döst benommen,
er nimmt ab und zu einen Schluck.

Die Putzer kommen vom Essen,
sehn ihn und schicken den Aufzug
zum neunten Stock.
Nun sitzt er da oben,
flucht, fleht und jammert.
Dich, sagen die Putzer,
lassen wir erst wieder runter,
wenn du deine Flasche
ausgegossen hast:
Schön langsam
auf deine Hosen.
Natürlich
kannst du auch aufstehn
und runterklettern.
Du kannst sie auch aussaufen
und dich fallen lassen.
Dann putzen sie weiter.

Sehr langsam
steht einer auf,
stellt seine Flasche
vorsichtig
auf die Rüstung
und springt.

1982

Spiele

Wer das Spiel mit Übermut beginnt,
weil ihm gleich scheint, wer dabei gewinnt,
weiß von sich, aus der Erfahrung her:
Das Verlieren übt sich doppelt schwer.

Wer gewinnen muß um jeden Preis,
weil er nichts von sich und Spielen weiß,
wer besessen nach Erfolgen giert,
ahnt, daß er als Sieger noch verliert.

Jedes Spiel, mit wahrer Lust gespielt,
wird zum Ernst, den man als Spieler fühlt,
wenn das Spiel sich seinem Ende neigt,
sich Gewinner und Verlierer zeigt.

1987

Verwunderung

Da läuft einer vor mir
im Fernsehn herum
und setzt sich und lächelt
und macht sein Blabla,
und das, was er meint,
ist noch gar nicht mal dumm,
doch ich weiß ganz sicher:
Der ist nicht mehr da!
Den habe ich
nach einer schlaflosen Nacht
persönlich, als Urne,
zum Friedhof gebracht.

Den hatten die Ärzte
als Leiche zerlegt,
an dem hat sich vorher
schon nichts mehr bewegt.
Und jetzt sitzt er vor mir
und sagt, daß die Welt
ihm jetzt sehr viel besser
als früher gefällt.
Und weil er mein Freund war,
betrachte ich das
durchaus nicht
als einen makaberen Spaß.

Ist das jetzt,
in unserer heutigen Zeit,
die neuere Art
von Unsterblichkeit?

1987

Ko-Existenz

Ganz selten kommt der Mensch
an eine Stelle,
auf der noch niemand
seine Füße hat.
Der Freundliche
will dann zur Seite treten
und tritt dabei
auf einen andren Fuß.

1977

Matcho – Nonsens

Es strebet, vom geringsten Mann
bis hin zu all den Großen,
ein jeder unentwegt hinan,
vom Weib sich abzustoßen,
das – ehe er es sich versieht,
ihn schlau zu sich nach unten zieht,
hinein in seine Soßen.

Das weiß ein Mann von Anfang an,
das merkt er sich vor allem:
Er wird, so tief er fallen kann,
noch auf ein Weibstück fallen.
Der Fuß, den er zu Boden stellt,
trifft einen Nacken, der ihn hält,
und dieses Fall-Gesetz erhält
die wunderbare Männerwelt.

1988

Der Seeräuber

Da lebst du dein Leben:
Kochst Suppe, flickst Netze,
bist immer im Gange,
und keiner will wissen,
was sonst mit dir los ist.
Das ist eben so.

Dein Mann fährt zum Fischen,
du fütterst die Hühner
und singst – jemand ruft dich.
Da schweigst du, machst weiter,
versteckst dich im Kopftuch –
das ist eben so.

Weit draußen kreuzt einer,
von dem geht die Rede:
Der fährt nur und fischt nicht
und läßt sich nicht fassen.
Gesehn hat ihn keiner –
das ist eben so.

Und da, als kein Wind war
und nicht eine Wolke,
kam faustdicker Nebel –
kam hoch und ging plötzlich,
und du warst verschwunden.
Das ist eben so.

1985

Immer noch

Die größte Liebe endet, sagst du: Geh.
Und fällt dein Wort auch leiser als der Schnee.
Und es zerbricht die allerschönste Stadt,
sagt jeder Mensch in ihr: Ich bin nicht satt.

1958

Lied an den Geliebten

Es ist nicht nur Gefühl, es ist das Wissen,
weil deine Zärtlichkeit nicht so vergeht,
wie Tau auf Wiesen in der Morgensonne
und nicht erst wiederkommt, ist es zu spät.

Du liebst mich nicht, weil du mich lieben möchtest,
du liebst mich einfach, wie du leben mußt.
Drum sehne ich mich mehr nach deinem Lächeln,
als nach der Stärke deiner breiten Brust.

Ich brauche dich nicht, weil ich einsam bliebe,
ich bin nicht bei dir, weil ich hilflos bin.
Ich mag mich selber mehr durch deine Liebe –
ich lebe gern und nicht nur vor mich hin.

Was alle Tage sein muß, kann ich wirklich
alleine schaffen. – Aber nur mit dir
bin ich für andre Leute auch noch kräftig,
denn du brauchst mich, so wie ich bin, bei dir.

So kenn ich keinen Tag, an dem es sinnlos
für mich gewesen wäre aufzustehn.
Ich habe guten Grund für meine Sehnsucht,
und die wird nicht im Alltag untergehn.

1986

Überzeugung

Endlich
wurde auch ich überzeugt,
daß es Bessere und Größere,
Bescheidwisser, Richtigmacher
und Verantwortungshaber gibt.

Warum
soll ich da nicht
ruhig mein Glas austrinken,
die Augen schließen,
die Hand unter
deinen Rock schieben
und
in der Sonne liegenbleiben?

1978

Auf irgendeinen Satiriker

Zu lang hast du herumgesägt
an deinem Aste, der dich trägt.
Du hast vom Sägen
keinen blassen Schimmer,
denn dieser Ast
trägt dich noch immer.

1980

Hiobsbotschaft

Er arbeitet schlecht –
aber –
es geht ihm gut.

1987

Vom Geist

Geist ist nicht darstellbar.
Er wirkt und handelt.
Wohl gilt der Windsack
als Beweis des Windes,
der seine Stärke anzeigt,
um zu warnen.

1986

Die einfachsten Regeln

Würde das Universum
sich nicht
nach den undenkbar
einfachsten Regeln
bewegen,
wie denen des Zufalls,
könnten wir sie
erkennen und
beeinflussen.

So aber
bringt die Natur
immer noch
uns hervor.

1988

Gesetzmäßigkeiten

Dieser bittere Tee da
in deiner verbeulten
Blechtasse, Gefangener,
verhält sich,
wenn du ihn umrührst,
wie unsere Milchstraße.

1981

Noosphäre

Mit dem Menschen
hat die Natur
eine zweite
Evolution begonnen:
die der Kultur.
Für ihren Fortgang
benötigt sie
den Tod nicht.
Er gefährdet sie.

1988

Bremser

Sehen Sie
diesen Mann da?
Er weiß es besser,
aber
er nickt.

1987

Menschheitsgeschichte

Nach einem dänischen Fernsehbericht
legte, vor ungefähr hundert Jahren,
eine Nordmeerexpedition
auf einer unwichtigen Insel
in der Beringstraße
ein Zwischenlager an.
Ein Stapel Konservendosen
in einer Felsspalte.

Damit geschah ein Eingriff
in das ökologische Gleichgewicht
dieser Insel.
Sie war von Gras bewachsen,
von dem ihre kleinen, schwarzen Büffel
lebten, und war
von Eskimos bewohnt.
Diese ernährten sich
durch Büffeljagd.
Bis dahin konnten sie
mit ihren Steinwaffen
gerade so viele Tiere erlegen,
wie sie zum Leben brauchten.
Nun aber
begann ihre Neuzeit.
Im Blech der Konserven
entdeckten sie

das Material für
bessere Waffen.
Sie erfuhren den Wohlstand
und vermehrten sich sprunghaft.
Aber die Büffel
starben aus.

Im Logbuch eines schwedischen Schiffes,
das acht Jahre später die Insel berührte,
steht die Notiz:
Insel ist unbewohnt, aber wir fanden
viele Menschenskelette
und große Knochenaltäre
für den Büffelgott.

1985

Demokratie

Nur dann
kämpfen beide Mannschaften
nach den gleichen Regeln,
wenn durch ihre Einhaltung
die Aussicht
auf Sieg besteht.

1988

Das Hirn

Morgens
ist es immer
am schlimmsten,
wenn der Alkohol
raus ist.
Dann beginnt es
zu denken.

Spring auf,
mach etwas Nützliches,
bewege dich,
damit es weniger denkt!

So ist es
noch am leichtesten
auszuhalten,
bis du es wieder
eingefangen hast.

1976

Volkes eigen

Vor alles andre
sei der Spruch gestellt:
Ein Haus gehört nur dem,
der es erhält.

1988

Weil aber

Weil aber
das Schicksal der Menschheit
und die Geschichte
der Arbeiterklasse
nicht mehr voneinander
zu trennen sind,
darf es
niemals wieder
einen Hitler
oder einen
Stalin geben.

1987

Despot

Als er
mit harter Hand
sich eingerichtet hatte
und alles ringsum
scharf und kantig war,
schliff er sich
daran ab,
um glatt zu werden,
und kam zu spät
auf die Gefahr.

1987

Harte Nuß

Dieser mächtige Baum
mit seinen unzähligen Nüssen
ist nur dazu da,
daß Bäume mit Nüssen entstehn
für Bäume mit Nüssen?

1986

Biographisches

325 schon,
auf dem Nicäeschen Konzil,
schnitt man ein Stück
aus der Biographie
des Mannes,
den sie Gottessohn genannt
und der bei ihnen
über allem stand.

Der Heiland nämlich,
dessen Stunde der Geburt,
für uns der Anfang
unsrer Zeitenrechnung wurd,
war achtzehn Jahre lang
im Inderland,
wo er bei Buddha
auch sein Karma fand.

Als Meisteryogi eben
kehrte er
zu seinem Volk zurück
ans rote Meer,
um es zu lehren
und ihm kundzutun,
worauf die Wunder
dieser Welt beruhn.

Zum Beispiel auf
der Seelen Wiederkehr.
So etwas stört
die Ideologen heut noch sehr.
Wenn jeder immer
wiederkommen kann –
was fängt man da
mit seiner Erbschaft an?

1988

Kaderfragen

Er nimmt ein Amt wahr.
Was er sonst noch wahrnimmt,
das fragen wir
am besten seine Frau.
Denn ob sein Tun und Denken
übereinstimmt,
das weiß sie ganz genau.

1988

Die Macht

Ein Mann, der nie daran gedacht,
welche zu wollen, kriegte Macht.
Er konnte sich ihr nicht entziehn.
Sie wollte ihn und hatte ihn.

Er hatte sie „im Namen des".
Wessen und wem, das war indes
gar nicht das Wichtigste. Warum?
Wer fragt wen heute noch so dumm.

Die Macht war da. In wessen Hand
sich diese und wodurch befand,
das war die Frage. Wem gehört
der Panzer, der da hinten fährt?

Auf wessen Weisung fährt er da?
Wer machte, daß es so geschah?
Der Mann der Macht. Aus seinem Mund
kam ein Befehl – man tat ihn kund.

Damit man seine Macht beschützt.
Wie weiß man sonst, ob sie ihm nützt?
Denn käme plötzlich irgendwer
mit einem steifen Hut daher,

verlangte, das wär ja gelacht,
ich will sie jetzt, her mit der Macht!
Drum schützt man Macht – in Land und Stadt,
damit es seine Ordnung hat.

Das braucht natürlich Personal.
Und manches Waffenarsenal.
Denn ohne Waffen, wie wir sehn,
wär es bald um die Macht geschehn.

Die aber ist darauf bedacht
zu wachsen und bei Tag und Nacht.
Der Mann, der an der Spitze steht,
weiß gar nicht so genau, wie's geht –

das muß er auch nicht. Überall,
in jeder Stube, jedem Stall
muß sie nur gegenwärtig sein,
und niemand finde sie zu klein!

Die Macht, in eines Mannes Hand,
so ausgeübt im ganzen Land,
benötigt jeden, der zum Schutz
der Macht sich müht, zu ihrem Nutz.

Denn darauf gebe man wohl acht:
Niemand darf schmälern solche Macht!
Weil diese Macht dem Volk gehört,
von dem die Macht sich auch ernährt.

Es kriegt doch jeder Volkessohn
im Dienst der Macht auch seinen Lohn.
Und ist er gar ein General,
sind die Bezüge nicht so schmal.

Doch Generäle braucht's nicht viel.
Das Wichtigste im Kräftespiel
der stetig wachsenden Gewalt
sind die mit mittlerem Gehalt.

Von ihrem Handeln, nicht zu knapp,
hängt doch das Funktionieren ab,
was so ein Apparat auch muß –
sonst löst sich irgendwo ein Schuß,

der gar nicht losgehn sollte, und
schon geht es aus Versehen rund,
obwohl gar kein Befehl bestand!
Was für ein Unglück für ein Land!

Nein, Macht muß zuverlässig sein.
Das sehn auch ihre Gegner ein,
um deretwillen es sie gibt.
Bei solchen ist sie nicht beliebt.

Der Mann, der sie nun hatte, stand
in seinem Zimmer an der Wand,
sah vor sich seine ganze Macht
und hat dabei besorgt gedacht:

Was mache ich denn nur mit ihr,
sie liegt den ganzen Tag auf mir,
kann ich nicht mal für 'n Augenblick,
mich ausruhn. – Ich bin gleich zurück.

Doch kaum, daß er zur Tür raussah –
schon waren ihre Hüter da.
Sie gaben es ihm zu verstehn:
So ohne Macht kann er nicht gehn,

sie folge ihm auf Schritt und Tritt,
und die Verantwortung geht mit!
Er darf sich ihr nicht mehr entziehn,
er habe sie und sie hat ihn.

Da ging er langsam und ganz still,
dorthin, wohin die Macht ihn will.
Doch heimlich hat er sich gedacht:
Wär das ein Leben ohne Macht.

1988

Klage

Wir sind Pumpen.
Konzipiert und gebaut
wurden wir
gegen die Ödnis.
An einem Garten
sollten wir mittun.
So wurden wir
installiert und angeschlossen.
Dann kam
das sphärische Singen
unseres Probelaufs.
Als es aber an der Zeit war,
legte niemand den Hebel um.

Anfangs
beteiligten wir uns
innerlich
an den Auseinandersetzungen.
Immer ging es
um den Einsatzplan
und die Verantwortung.
Bis durchsickerte,
daß sich für uns
nichts ändern sollte,
ganz gleich, was geredet wurde
und von wem.

Jemand,
dem nicht zu widersprechen war,
hatte uns nämlich
aufstellen lassen
am falschen Ort.
Das mußte
vertuscht werden.

Nicht unsere Leistung
war erwünscht,
sondern unser Wohlverhalten.
Wichtig war nur,
daß wir da waren.
Wenigstens dreimal
wurde das Pumpenhaus
getüncht.
Mehrmals
wurden einige Auserwählte,
die leicht zugänglich waren,
aufgeputzt und geölt.
Denn es gab Vorführungen,
bei denen
die Imposantesten,
gedrosselt natürlich,
Wasser
aus einem Kessel
in den selben
pumpen durften.

Wir aber
verrotten und rosten,
sind abgesoffen
und haben
den Schlamm
bis oben hin.
Wer weiß denn,
ob die Anschlüsse
noch stimmen
oder ob
sie uns nicht schon lange
abgeklemmt haben.
Und was wird
mit der Ödnis?

1965

Schwer zu begreifen

Ein Kollektiv,
das nicht klüger
als sein leitender Kopf ist,
ist kein Kollektiv.

1987

1945: IGOR

Getadelt sei, wer sich in Rinden schneidet,
mit rüder Klinge. Kaum ein Namenszug
wär so bedeutend, daß er Bäume kleidet.
Denn heile Bäume fehlen uns genug.

Im Park bei Potsdam prahlten breite Buchen
mit eingeritzter Herrenherrlichkeit.
Was ich als Kind dort las, soll niemand suchen.
Denn Preußen liegt, wie Buchenwald, wohl weit.

Im Buchenwald bei Dessau kann man lesen,
daß Igor da war, nebst der Jahreszahl.
Im Frühjahr fünfundvierzig hier gewesen,
steht auf der Buche. Das wär sehr banal,

wär Igor als Tourist zu uns gekommen.
Doch er war als Soldat in Feindesland,
hat Krieg und Mord von diesem Land genommen.
Ob er ihn selber lebend überstand?

Wir sehen nur, die Buche grünt, wird breiter
und mit ihr dehnt sich Igors Rindenschrift.
Auch in uns wachsen seine Spuren weiter,
weil Igors Hoffnung unser Land betrifft.

1985

Ballade von der bewältigten Vergangenheit

I

Ihr Vater fraß als deutscher Wolf
die halbe Erde leer.
Dann kam er als ein Schaf nach Haus,
das Schlucken fiel ihm schwer.

Nun sitzt er in der Deutschen Bank
und hütet fremdes Geld.
Am Abend spielt er seinen Skat
und will nichts von der Welt.

Nur manchmal singt er laut im Bad
ein deutsches Kinderlied
und weint, wenn es ihn wieder schmerzt,
daß man ihn übersieht.

Dann kocht die Frau ihm einen Tee
und streicht ihm übers Haar
und träumt davon, wie schön und stark
er doch als Sieger war.

II

Sein Vater hing am Ghettobaum.
Die Mutter trug der Wind
als Staub und Rauch aus Dachau fort.
Er ist ein Judenkind.

Von seiner Mutter weiß er noch,
sie war sehr blond und schön.
Sehr langsam lernte er die Welt
ertragen und verstehn.

III

Als er ein Mann war, lang danach,
kam er nach Nessebar
zum Sonnenstrand, wo er das Meer
zum ersten Male sah.

Am Morgen, vor die Sonne kam,
war alles still und leer.
Drum schwamm er jeden Morgen dort
allein im Schwarzen Meer.

IV

Ihr Haar war blond, ihr Blick war blau,
wie Zimt war ihre Haut.
Ihr Leib war so, als hätt ein Gott
ihn für sich selbst erbaut.

Der junge Jude stand vor ihr
erschüttert, bloß und blaß.
Ihr Lächeln hielt ihn, wie er war:
Stumm, meereskühl und naß.

Er fiel ihr zu, sie nahm ihn auf.
Ihr Kuß war schwer und still.
Gewaltig treibt die Liebe an,
was sie vereinen will.

Dann kam die Sonne. Mit dem Licht
kam auch die Menschlichkeit.
Sie tauchten auseinander auf.
Nun lagen sie zu zweit.

Und hatten Namen, Sprache, Land
und fragten sich danach.
Sie hörte, daß er Pole war,
und deutsch klang, was sie sprach.

Sie hört noch immer, wie er schrie,
als er ins Wasser sprang.
Man fand sie bald. Sie lag am Meer
wie angespülter Tang.

Er kam nie wieder. Sie genas
nach langer Dunkelheit.
Sie fürchtet sich vor jedem Meer
und hört nur, wie er schreit.

Modern Time II

Ich weiß nicht mehr,
was sein wird,
wenn ich tot bin.
Dann wird mit mir gemacht,
was ohne Trost ist,
und es erschreckt,
darüber nachzudenken.

Wie sie Maschinen,
die am Ende sind,
zerlegen,
wird auch der Mensch
zerlegt.
In Teile,
die man verwerten kann,
und Reste.

Ach, mein Bewußtsein,
daß ich noch ein Mensch sei,
ein ganzer Mensch,
dem eben einer vorschlug:
Nimm einen Satz von Marx
und denk ihn weiter.

Das alte Radio wurde
ausgeschlachtet,
der alte Otto auch,
denn seine Niere
war noch wie neu –
Jetzt lebt mit ihr
der Peter.
In der Kaninchenzibbe
wächst der Rinderfötus.
Am Apfelbäumchen
reifen rote Rüben.

Gott wurde nicht gefragt. –
Doch ohne Satan
kann keiner dieser Forscher
was erreichen.

1988

Rechtspflege

Wenn ein Staatsanwalt,
vor der Verurteilung
des Angeklagten,
zu einer Zeugin sagt:
„Hängen Sie sich nicht
an diesen Kerl,
Sie haben etwas
Besseres verdient!“,
sollte er da nicht,
der Rechtspflege wegen,
abgelehnt werden?

1987

Humanmedizin

Gleb und Ludmilla, SU – irgendwo,
fielen in Liebe und liebten sich so,
daß sie danach einen Knaben gebar,
der aber leider nicht vollständig war.

Bei der Entbindung, man sah es zu spät,
wurden die Samenstränge verdreht,
da sind dem Jungen die Hoden verdorrt,
also fiel seine Männlichkeit fort.

Gleb und Ludmilla entschieden sich so:
Wir werden dieses Kindes nicht froh.
Zwei Wochen alt war der Sohn, doch zurück,
schickten sie ihn der Entbindungsklinik.

Das hat die Ärzte verwirrt und geniert.
Ehe der Kleine die Eltern verliert,
machen wir mit ihm auf unsrer Station
noch den Versuch einer Transplantation.

Von einer Totgeburt nähten sie recht
sorgsam die Hoden dem Sohn ans Geschlecht,
machten ihn wieder zum richtigen Mann.
Nun nahmen Gleb und Ludmilla ihn an.

Haben seitdem an dem Sohn ihre Freud,
lieben ihn heftig – nichts tut ihnen leid.
Schon ist er zehn und wächst gut, ist normal.
Auch die Ballade braucht keine Moral.

Nur eine Frage noch: Schafft dieser Mann,
sich, in zehn Jahren, mal selbst Kinder an,
wer ist der Vater, wer wird dann vermehrt?
Ist diese Frage des Nachdenkens wert?

1988

Die Kastanie

Was war der Sinn wohl
dieses Blätterdomes,
der so ein Gründerzeithaus,
dreigeschossig, überragte
und dieses Frühjahr dergestalt erblühte,
daß man den Blick nicht von ihm wenden konnte?

Stand als eine weiße Duftlohe
auf ihrem mächtigen Stamm
und erhellte die Nächte hindurch
den Hof und die putzlosen Mauern,
daß wir vor ihrem leuchtenden Wesen
erschraken und hatten sie blühen gesehen,
all die Jahre zuvor.

Nektarwind füllte ringsum die Wohnungen,
trieb in die Betten und Schränke den Blattschnee,
der auch die Gräser und Sträucher und Treppen
        bedeckte,
und ließ uns atemlos fragen:
Wird dieser Frühling der letzte?

Bis dann der Sturm dieses Sommers
die Krone vom Stamm riß.

Nichts als der Stamm steht.
Brauchte zwei Menschenalter,
so aufwärts zu wachsen,
hat nunmehr
nichts als sich selber zu tragen.
Wächst ihm in kommenden Jahren
wieder ein Laub?

1985

Stadtwohnungstier

Bei uns lebt ein Tier,
dem wir
sehr früh
die Mutter genommen haben.
Dafür,
daß es bei uns
bleiben muß,
denn wir benötigen es
zum Liebhaben,
geben wir dem Tier
Leitungswasser und Fressen.
Für seine lästigen
Körperfunktionen indessen
beschaffen wir Sägespäne
zum Beschmutzen.
Durch uns
lernte es diese
stets zu benutzen.
Durch Sterilisation
beseitigte ein Arzt
seine Fähigkeit,
sich zu vermehren.
Wenn wir nicht wären,
könnte das Tier
nicht mehr leben.
Seine Sehnsucht nach Freiheit

hat es
für sein Bedürfnis
nach Sicherheit aufgegeben.
Wenn es sich manchmal
unter die freien Katzen
zu mischen wagt,
wird es von
seinesgleichen verjagt.

Nachdem wir
voneinander gelernt haben,
wie verschieden
Mann und Frau, Mensch und Katze sind,
ertragen wir uns
wegen unserer Gemeinsamkeiten,
vertrauen einander,
respektieren und lieben uns.

Jetzt liegt unsere Katze
neben mir
auf dem Schreibtisch
und schnarcht.
Wenn sie etwas will,
zeigt sie es deutlich.
So verlangt sie
zum Beispiel
nach Zärtlichkeit.
Kratzer in unseren Häuten
und Haare an unseren Kleidern
stören uns nicht mehr.

So unterbrechen wir
fast jede Tätigkeit,
wenn sie ihr Fressen verlangt.

Wenn der Blick
unserer Katzengöttin
seinen Weg in die Ewigkeit
durch unsere Augen nimmt,
erschrecken wir manchmal.

1987

Elegisches Rondell

Auch die sich lieben, haben es nicht leicht.
Selbst wenn sich ihnen nichts entgegenstellte,
was ihnen ihre Lieb und Lust vergällte,
wenn jedes Hindernis vor ihnen weicht –
bis sie den höchsten Punkt des Glücks erreicht.

Und nur noch Traum die heißen Stirnen bleicht.
Weil bald der Neid um ihre Wege schleicht,
bis böser Leumund an den Türen schellte,
der Eifersucht gespaltne Zunge schnellte –
auch die sich lieben, haben es nicht leicht.

Weil keine Liebe einer andern gleicht,
wenn sie den höchsten Punkt des Glücks erreicht
und Widerspruch aus heisrem Halse bellte.
Wenn erst das Hoffen jenem Ahnen weicht,
als ob es scheues Wild zu hetzen gelte
und sich den Ängsten nichts entgegenstellte.
Auch die sich lieben, haben es nicht leicht.

1988

Gruselballade

Hier nunmehr haben wir
die Geschichte
des Mannes,
dem es passierte,
zur falschen Zeit
das Richtige zu sagen.

Völlig unwichtig
war es danach,
warum er es sagte
und daß es
richtig war.
Auch was er sagte,
war nur noch nötig
für die Entlarvung.

Er selber
hatte zu antworten
mit Ja oder Nein.
Aufgefordert
Reue zu zeigen,
schwieg er verstockt.
Allerdings,
als man das Urteil sprach,
bat er um Gnade.

Von da an
fügte er sich.
Verfaßte Schriften
gegen sich selber
und klagte sich an.
Scheiden ließ er sich jedoch,
wegen der Kinder,
auf Wunsch seiner Frau.

Als er begnadigt war,
zehn Jahre später,
ging er, genesend,
durch seine Stadt.
Seine Kinder
erkannten ihn nicht mehr.
Noch nicht
erkannten ihn Freunde.

Einer der Männer,
die gegen ihn gezeugt hatten,
erkundigte sich besorgt
nach seiner Gesundheit.
Er grüßte ihn freundlich.
Im Wirtshausabort,
in einer gilbenden Zeitung,
las er, durch Zufall,
in einer wichtigen Rede
seine verwerfliche
Behauptung.
Als Weisheit.

Später, am Biertisch,
sagten ihm alle,
diese Erkenntnis
gelte schon lange
in diesem Lande.
Frage die Kinder.
Seit diesem Tage
spricht er nur noch
mit Kindern.

Die ihn noch kennen,
sehen ihm nach,
wenn er heimgeht, und sagen:
Er ist etwas seltsam.

1964

Aus dem Leben der Bruderpartein

Laßt eure Führung
ruhig
ihre eignen
Fehler machen.

1988

Unumkehrbar

Als wir uns noch
durch Zärtlichkeiten
befriedeten,
leckten, kraulten und lausten
wir uns gegenseitig
und rieben uns aneinander,
um uns Mut zu machen.
Denn um jagen zu können,
mußten wir einig sein.

Aber unsere alten,
erfahrenen Männer
waren nach der Jagd
so fertig,
daß sie zuwenig Liebe
abbekamen
von unseren Frauen,
die uns
mit ihrer warmen Lust
zusammenhielten.

So kam der Neid auf,
und wir mußten
zu Menschen werden.

1988

Als

Als es noch einfach war, Liebste,
war es so wunderbar schwer.
Als wir uns immerfort stritten,
liebten wir beide noch sehr.

1964

Ihr Anteil

Diese jungen Frauen mit den Wuschelhaaren,
die mit ihren Einkaufsbeuteln, Kinderwagen,
ihre Last mit krummem Rücken tragen
und doch einmal so voll Hoffnung waren,
als sie noch in unsre Schulen gingen,
alles lernen durften, alles leisten.

Die sich lächelnd ihre Männer fingen
und mit ihnen durch die Träume reisten.
Die in vielen Wettbewerben siegten,
gleichberechtigt über alles lachten,
bis sie ihre eignen Kinder kriegten
und verdutzt an ihre Zukunft dachten.

Diese jungen Frauen mit den Fusselhaaren,
die sich ihren Trabi selbst verdienen,
ihren Mann noch was studieren lassen,
früh, im ersten Bus, zur Arbeit fahren,
sich mit eignen Sorgen kaum befassen,
was ist seither nur passiert mit ihnen?

Daß sie kaum auf ihre Haltung achten,
sich nicht mehr vor groben Worten hüten,
ihre Männer ohne Spaß betrachten,
ungerecht mit ihren Kindern wüten –
sich, zum Sprung bereit, auf Kanten setzen,
überall, nervös, nur Ordnung machen,
abgehetzt durch viele Läden wetzen,
die sich kaum noch freuen an den Sachen,
die man ihnen sagt, am achten Märze,
ihre Art, nur trocken aufzulachen,
macht man irgendwo darüber Scherze.
Und die große Feiern gar nicht schätzen.

Diese jungen Frauen mit den feuchten Strähnen,
immerzu bemüht, sich einzurichten,
die sich kaum noch scheuen, laut zu gähnen,
kommt man ihnen mit Erfolgsberichten.
Die so unbeteiligt sind an allem,
was man hierzulande stolz verkündet.
Diese jungen Frauen, die mit allem,
was verlangt wird, sehn, zurechtzukommen,
nicht mehr hinhörn, wenn man was begründet –
Warum schweigen sie nur so benommen,
warum lassen sie es sich gefallen,
daß man sie durchaus in Ordnung findet?

1987

Abschiedsgeschenke

Mitten in unserem letzten Gespräch,
in dem ich dir sagen mußte,
warum unsere Gemeinsamkeiten
nun auch für mich zu Ende sind,
gab ich dir
mein Abschiedsgeschenk.

Lange noch,
wenn es mir so scheinen könnte,
als hätte ich
eine Liebe verloren,
werde ich mich
an den freudigen Glanz
deiner Augen erinnern.
An dein Abschiedsgeschenk.

1962

Treue

Erst wenn du liebst,
wird es dir nicht mehr neu sein:
Du kannst nicht dir
und einem andern treu sein.

1988

Frauenmonolog

Ich habe heute nacht um uns geweint.
Du hast daneben tief und fest geschlafen.
Ich sah in dein Gesicht und hab gemeint,
du spürst es, wenn dich solche Blicke trafen.

Seit sieben Jahren bin ich deine Frau,
steh im Beruf, wie man so sagt, und mache
den Haushalt nebenbei. Nicht sehr genau,
denn auch die Kinder sind noch meine Sache.

Wenn ich am Spiegel steh und seh mich an,
das mach ich manchmal noch vorm Schlafengehn,
fragt mich mein Spiegelbild: Für welchen Mann,
willst du noch hin und wieder gut aussehn?

In der Kantine sieht mir mancher nach
und hat wahrscheinlich kaum etwas dagegen ...
Doch du merkst nichts, ich liege bei dir brach,
in unsrer Ehe sind wir nur Kollegen.

Ich denke oft, vielleicht betrügt er mich,
und bin zu müde, darüber nachzugrübeln.
Ich geh ins Bett und warte doch auf dich.
Das Warten ist das Schlimmste von den Übeln.

Dann kommst du endlich, und ich weiß genau,
du kommst nach Hause, um gleich einzuschlafen.
Zu reden gibt es nichts mit deiner Frau.
Wofür willst du mich eigentlich bestrafen?

Ich kann mir denken, was dich hier noch hält.
Du wohnst ganz gut, du kannst dein Frühstück essen,
und deine Frau verdient sich selbst ihr Geld.
Und wenn du willst, kannst du uns leicht vergessen.

Noch bin ich jung, noch hat es einen Sinn,
noch ist es leichter, ohne dich zu leben.
Das kleine Bißchen, das ich dir noch bin,
ist mir zuwenig, um mich aufzugeben.

1976

Durchreise

Da entdecke ich,
den Blick nach hinten,
durch das Rückfenster
eines Autos,
eine Eigenart,
die Welt zu sehn.

Alles rings,
von mir noch nie betrachtet,
seh ich erst,
wenn es mir schon entgleitet,
wenn es,
kaum in meinen Blick gekommen,
schon in seine
fremde Ferne schwimmt.

1963

Emporkömmlinge

So mancher, der ein Amt
mit Zweifeln übernommen,
wehrt sich verzweifelt,
davon wegzukommen.

1988

Profitdenken

Die Zerstörung
von Städten
kann mehr einbringen
als ihr Aufbau.
Milliarden Dollar
sind einzusetzen,
um die Herstellung
von Nahrung
so zu verringern,
daß der Verkauf
ein Geschäft bleibt.
Damit wird
der Hungertod
von Millionen
gesichert.

Warum soll
dieses System
nicht auch das Ende
der Menschheit
profitabel machen?

1987

Post mortum

In seinem Werk sich selber überleben.
Sich Späteren zur Geistesnahrung geben.

Den Künftigen Vergangenes bewahren.
Ihnen voraus in ihre Zukunft fahren.

Die Zeitgenossen keinesfalls bestreiten.
Der Macht des Zugriffs unbestimmt entgleiten.

Sich auch den Künftigen verständlich machen.
Unendlichkeit im Endlichen entfachen.

Das wird, seit unserm Dasein, kaum noch gelten.
Wir schufen die vergänglichste der Welten.

Uns haben wir damit die Macht gegeben:
Zu gehen mit der Nachwelt aus dem Leben.

1986

Für Cäsar Vallejo

Sie können uns nichts anhaben.
Du bist tot,
ich lebe,
aber
sie können uns nichts anhaben.
Du warst hier,
ich bin dort,
aber
sie können uns nichts anhaben.
Du bist verhungert,
ich werde ersticken,
aber
sie können uns nichts anhaben.
Wir haben ihnen alles ausgeliefert,
aber sie können uns nichts anhaben.

1974

Stapellauf

Im neuen Schiff
mit alter Mannschaft
über das alte Meer
zu neuem Ziel.

Im alten Schiff
mit neuer Mannschaft
über das neue Meer
zu altem Ziel.

Im neuen Schiff
mit neuer Mannschaft
über das neue Meer
zu neuem Ziel.

Im alten Schiff
mit neuer Mannschaft
über das alte Meer
zu neuem Ziel.

1986

Reimzwang

Beim Ersten Mai hast du mich angelacht.
Dein Mann hat mich im Dienst zur Sau gemacht.
Ich habe trotzdem nur an dich gedacht.
Nun habe ich dich in mein Nest gebracht,
und ein verrückter Kuckuck schrie die ganze Nacht.

1986

Auf eine ehrgeizige Muse

Du setzt die Vulven als Vehikel ein,
um dein Talent soweit voranzubringen,
bis es ihm leichter würde, groß zu sein.
Um dein Talent geht's dir vor allen Dingen.

Doch leider, zögst du dich ganz oben aus,
wo dich von Gott nur noch der Vorhang trennt,
dann fände selbst ein Gott nur eins heraus:
In deinen Vulven steckt dein wirkliches Talent.

1974

Sozialistischer Realismus

Alles darf ich unbekümmert loben,
ohne einen schrägen Blick nach oben.
Was ich loben möchte, kaum zu fassen,
wird mir wirklich selber überlassen.

Alles darf ich, was ich möchte, schreiben,
muß nichts unter und nichts übertreiben,
denn ich gelte schließlich, ohne Faxen,
überall als mündig und erwachsen.

Alles kann ich, wo ich möchte, machen,
auch gewagteste und neuste Sachen
darf ich planen, ausprobieren, bauen,
denn man traut ja meinem Selbstvertrauen!

1978

An einen Sittich

Gefährte Vogel, deine Reiselüste
sind unmoralisch international.
Nach deinen unerhörten Wünschen müßte
dein Himmel endlos werden. Er ist dir zu schmal.

Du möchtest einfach diese Welt durchfliegen,
mal hier flanieren und dich dort ergehn,
die Heimat scheint dir nicht mehr zu genügen,
Gefährte Vogel! Das ist nicht sehr schön!

Sogar des Zimmers wunderbare Breite,
durch die du sonst so sangesvoll geschweift,
ist dir zu eng. Du hast dich auf die Weite
der Luft, die vor den Fenstern liegt, versteift.

Du willst die Gitter nicht mehr anerkennen,
du willst, daß Tür und Fenster offenstehn.
Ganz plötzlich fühlst du Neugier in dir brennen
und willst auf einmal fremde Vögel sehn.

Das alles kommt, weil ich dir hin und wieder
den Bauer auf das Fensterbrett gestellt.
Oh, hättest du doch niemals fremde Lieder
und fremdes Wort gehört – du suchtest keine Welt!

Kollege Vogel, sei jetzt mal zufrieden.
Die Stäbe dienen nur der Sicherheit.
Du weißt doch, es gibt Katzenvolk hienieden!
So mancher hat den Vorwitz schon bereut!

Ich will dich auch zum lieben Bruder lassen,
der hat wie ich ein liebes Vögelein.
Du kannst dir seinen Bauer zeigen lassen,
es ist doch schön, bei einem Freund zu sein!

Was, Vogel? Du willst unbelehrbar bleiben?
Mein Lieber, da versteh ich keinen Spaß,
ich werd dir deine Sehnsucht schon vertreiben.
Ich geb dir einfach keinen Reisepaß.

1954

Kitt

Natürlich gibt es immer Leute,
die unter allen Verhältnissen
immer nur eines im Blick haben:
Sich.
Sie sind der Kitt
aller Verhältnisse.

1987

Lauf der Welt

Was ihr den Lauf der Welt nennt,
ist der Lauf des Kolbens,
den ihr durch Druck in die Bewegung zwingt,
die euch zu Herren
der Natur gemacht hat,
bis ihr gemeint habt, eure Welt gelingt.

So denkt ihr, alles
in den Griff zu kriegen:
Stahl und Gestänge und was zwingt und schmiert.
Nichts ist unmöglich,
alles muß gehorchen,
wenn eure Macht es gut organisiert.

In Lärm und Staub,
mit Uniform und Orden,
steht ihr verdattert vor dem Superding,
das euer Ziel war.
Euch so gleich geworden
ist eurer Werk, das euch zu Tode bringt.

1987

Literaturbetrieb

Sie schreiben Bücher über die Frage,
warum sie Bücher schreiben,
und lassen beim Schreiben der Bücher
über die Bücher
das Schreiben von Büchern bleiben.

1956

Lernlied für einen Paul

Freier Geist ist etwas Feines,
aber auch was ganz Gemeines.
Freier Geist hält nie sein Maul.
Lern das Paul.

Freier Geist denkt stets verwegen,
will man ihn ans Halsband legen,
fängt man sich nur einen Saul.
Lern das Paul.

Auch mit Stock und Keulenschlägen
kannst du keinen Geist bewegen
im Geschirr zu gehn als Gaul.
Lern das Paul.

Macht er Männchen, kommt gekrochen,
ist er innen durchgebrochen,
denkt nicht mehr und wedelt faul.
Lern das Paul.

Läßt ein freier Geist sich kaufen,
ist er leer und ausgelaufen,
und du kaufst dir nichts als Maul.
Lern das Paul.

1978

Wahlbruder

Wenn ich einen Bruder haben kann,
wenn mir das erlaubt wird von Behörden,
will ich suchen gehn von Mann zu Mann.
Einer wird bestimmt mein Bruder werden.

Einer, der mich seinen Bruder nennt,
weil er spürt, es läßt sich mit mir schweigen,
weil er sich, durch mich, noch besser kennt,
weil sich in uns gleiche Zweifel zeigen.

Der die Menschen auch aus Gründen liebt,
auch nicht will, daß sie die gleichen bleiben,
stolze Dummheit niemandem vergibt.
Den Gedanken und Gefühle treiben.

Nur mit einem solchen ging ich mit,
würde zu ihm stehn und das vor allen.
Leichter wär mein Schritt an seinem Schritt,
besser würde mir die Welt gefallen.

1968

Gastarbeiter

Endlich bin ich hierzuland ein Fremder,
ledig jeder Pflicht, mich einzumischen.
Zeig ich das gewünschte Wohlverhalten,
lobe, was man will, und schweige heiter,
darf ich sicherlich im Lande bleiben.

Wenn ich die Touristenregeln achte,
meinen Dolmetsch fröhlich anerkenne,
niemanden mit Meinungen erzürne,
keinem Landesbrauche lästig werde,
werde ich bestimmt nicht abgeschoben.

Ich kenn keine ungelösten Fragen.
Ich kann wegsehn, brauch nicht hinzuhören,
niemand fragt nach meinen Fähigkeiten.
Sicher sind das sonderbare Sitten –
mich geht das nichts an – ich bin ein Fremder.

1977

Der Duschraum

Im Feuerwehrmuseum von Myslowice
gewährte der Direktor
uns deutschen Besuchern,
von der Türöffnung aus,
einen Blick in den Raum,
in dem alte Motorspritzen
abgestellt sind.

Dieser geweißte
fensterlose
quadratische Raum
mit seinen
etwa acht Meter hohen
glatten Wänden
hatte gewölbte Deckenbögen,
die sich
in einer metergroßen
Öffnung trafen,
hinter deren vergitterter Scheibe
grauer Novemberhimmel war.
Ein Trichter
mit der Tülle nach oben.

Hier hatte die SS
eine Nebenstelle von Auschwitz.
Das war der Duschraum,
sagte die Dolmetscherin.

1983

„Jungvolk"

Waren noch Kinder,
als dann Frieden war.
Zu jung, um schuld zu sein,
doch schon verdorben,
denn fast die Hälfte
meiner Jungvolkschar
ist noch am Krieg
gestorben.

Und haben deutsch zu sein,
vor aller Welt.
Sooft der Blick der Opfer
auf uns fällt,
wünscht sich so mancher von uns
dumm und klein.
Doch wir stehn da
und haben deutsch zu sein.

1976

Ohne Antwort

Du hast die Freundlichkeit, die selten ist:
Du stehst bei keinem, den du magst, daneben
und läßt doch jedem seine Art zu leben.
Das ist ein Dienst, der sich schon bald vergißt.

Nur eines ist an dir so sonderbar:
Du schaffst, bei jedem Sturm, im Lot zu bleiben,
wenn andre Leute längst kieloben treiben.
Warum bringt dich die Stille in Gefahr?

1966

Kastanie im Mai

Im kleinen Garten unter dem Kastanienbaum
in einem Krankenwagen sitzt ein Kind.
Die Kerzen der Kastanien schwingen kaum,
und gelbe Falter auf den Blättern sind.

Das Kind sitzt still, es konnte niemals gehn,
es muß die Augen für sich laufen lassen.
Es kann die Blüten und die Falter sehn
und kann nur in den Wünschen danach fassen.

Wär doch die Kunst der Ärzte schon so gut,
wie längst die Kunst der Bombenmacher ist,
dann stände dort, wo jetzt die Sonne ruht,
ein leerer Wagen, den man rasch vergißt.

1965

Julileuchten

Wenn erstes Morgenlicht den Himmel aufhellt
und alles Erdige noch grau in Nacht liegt,
steigt aus dem Weizenfeld ein warmes Leuchten.

Das kann nicht Widerschein sein. Solches Strahlen,
das da im Juli über Ähren flimmert,
glänzt wie die Lebenswärme frischen Brotes.

1987

Usedomer Herbstlied

Ach, wie konnten wir uns mästen,
bei den abendlichen Festen
mit den vielen Sommergästen –
aus dem Osten und dem Westen.
Es gab immer nur vom Besten,
wie vom Feuchten, so vom Festen.
Heut noch zehrn wir von den Resten
und vom Standpunkt. Unserm festen.

1988

Arbeitsteilung

Wir lieben das Kalb und das Schnitzel,
uns ekelt die Schlächterei.
Für uns hat der Mord keinen Kitzel.
Wir sind nur beim Essen dabei.

1958

Geselligkeiten

Wir kommen nur zusammen, um zu lügen.
Wir kaufen Blumen, waschen uns zuvor,
wir ziehn uns festlich an für das Vergnügen
und stopfen Watte in das Seelenohr.

Wir kommen pünktlich, bringen gute Laune
und für die Kinder etwas Süßes mit.
Wir sitzen sittsam, essen kaum, man staune,
und tragen neueste Witze vor – zu dritt.

Wir reden locker, und wir hören gerne,
was uns der andere zu sagen hat.
Doch unsre Sätze haben keine Kerne,
und unsre Meinung zeigt sich welk und matt.

Wir sind nicht froh, wir können uns nicht leiden,
wir würden, wenn wir ehrlich wären, gehn.
Doch wenn wir dann, ermüdet, endlich scheiden,
besprechen wir noch schnell ein Wiedersehn.

1960

Der Trieb

Lange
lief ich ihm hinterher,
seiner Leine nach –
versuchte sie kurzzuhalten,
ihm aufrecht und würdig
zu folgen.
Er aber zerrte mich
hierhin und dorthin,
machte mich lächerlich
und wütend
gegen mich selber.
Sogar in den Dreck
riß er mich.

Nun trottet er
hinter mir her.
Ohne Leine.

1988

Grenzen

Schach
als Beispiel eines logischen Systems,
gespielt
von zwei gleichwertigen Computern,
ist nicht zu gewinnen.

1982

Kleine und große Vernunft

Die kleine und die große Vernunft
werden von der kleinen Vernunft,
die sich vorzüglich
in der Befolgung und Durchsetzung
der eigenen Interessen
bewährt hat,
mit dem Vorkommen von
Verstand und Denkfähigkeit
erklärt. Also:
Kleine Vernunft nicht gerissen genug,
große Vernunft – unschlagbar.

Die große Vernunft hingegen
kann da nur
unschlüssig die Schultern heben,
weil sie
immer noch angestrengt
nach einer
Lösung zur Rettung
der Menschheit sucht.

1986

Gedächtnisbild

Mai 1945

In der Morgenstille
des dampfenden Waldes
fiel ein gelber Strahl Sonne
auf die Beine eines Mannes
in schwarzgrünen Hosen.
Stumpfes Schwarzgrün,
stumpfer als das Wintergrün
der Fichtenzweige,
die den Körper deckten.
Zwischen seinen Füßen,
in eisgrauen Wollsocken,
sprossen die gelbgrünen
handlangen Spitzen
des jungen Grases.
Scharf stach,
aus der strahlenden Bläue
des Maihimmels,
der flimmernde Lichtkegel
in das weiße Gewimmel,
das aus den Maschen
der Socken quoll.

1987

Die Russen

Was immer die Russen wissen:
Über Krieg wissen sie Bescheid.
Sie haben ihn durchstehen müssen,
sie kennen sein ganzes Leid.

Was immer die Russen können,
eines können sie wirklich nicht:
Als erste die Waffen verschrotten.
Da verlören sie ihr Gewicht.

Was immer die Russen wollen:
Einen dritten Weltkrieg kaum.
Damit werden sie niemandem kommen,
nicht mal im Traum.

1978

Vertrauen

So ist das mit uns, Genossen:
Erdweit
sehen die Ausgebeuteten
auf uns und sagen:
So also wollt ihr es machen,
wenn euch die Macht gehört,
wenn die Fabriken enteignet,
das Land in Besitz genommen
und die Banken verstaatlicht sind.
So also werden wir aufstehn,
so wird unser Arbeitstag sein,
und so sollen wir uns niederlegen.
So sollen unsere Feste
und so unsere Träume sein.
So wird es werden, Partei,
wenn du erst regierst.
Aber die Ausgebeuteten,
die oft noch nicht einmal wissen,
daß sie die Ausgebeuteten sind,
sehen auf ihre Ausbeuter,
sehen das Angebot und die Nachfrage,
ihre Wohnungen, ihre Autos, ihre Reisepläne,
für die sie hart arbeiten müssen
unter dem Wolfsgesetz.
Auf was sollen sie sonst sehen
in ihrer kurzen Zeit

zwischen Geborenwerden und Abkratzen?
Wieso, fragen wir uns, sehen sie nicht
das Arbeiterblut,
das aus den Profiten ihrer Ausbeuter sickert?
Und das ihr Blut ist?
Weil sie auch das Arbeiterblut sehen,
das aus unseren falschen Beschlüssen rinnt.

Wir doch, Genossen, mußten abgelöst werden,
in Budapest, Warschau und Prag.
Wir wurden doch ausquartiert
aus dem Mausoleum in Moskau.
Unsere Gesichter
blickten doch aus zahllosen Bildnissen.
Die Gesichter der Ausbeuter sind anders.
Das Volk kennt sie seit Jahrtausenden,
und von ihnen wurde nichts anderes erwartet.
Aber von uns.
Unsere Bilder hängen in ihren Wohnungen
und Kammern, nachdem sie Jesus abgenommen
haben.
Was sollen sie sich denn hinhängen,
wenn sie uns in die Ecke zu Jesus stellen?
Uns haben sie doch geglaubt,
als sie zu beten aufhörten und zu lesen anfingen.
Wir haben doch alle ihre Hoffnungen gebraucht
für unsere Versprechungen.
Wir würden das Richtige schon richtig machen,
sagten wir auch noch,
und von da an hatten wir nur noch Erfolge.

Die Ausbeuter hätten ihre Helfer
in unseren Politbüros,
daher mißlinge auch manches.
So haben wir es der Welt erklärt,
und es erklärte einiges.
Aber jedes Land,
aus dem die Ausbeuter verjagt sind,
hatte inzwischen seine Unruhen,
in die auch das Volk verwickelt war.
Warum, so frage ich mich,
bin ich mit Menschen in einer Partei,
die mir nicht die Hand geben würden,
und solchen, von denen ich mich
nicht gerne duzen lasse?
Brauchen wir, Genossen, wirklich so viele
in unserer Partei,
die außer sich und der Macht
nichts mehr lieben?
Alle sehen uns zu und sie sehen auch unsere Fehler!
Für so vieles haben wir selber
die Schuldigen ernannt –
es waren unsre Genossen.
Laßt uns doch wieder der Wahrheit vertrauen.
Wie viele hätten nicht zu uns gesagt:
Führe uns, Partei,
wenn sie uns nicht vertraut hätten.

1967

Gesichter

Soviel Gesichter, ringsum, alle Tage,
mit soviel Augen und mit soviel Mund.
Jetzt, da ich kaum noch mein Gesicht ertrage,
mit stumpfen Lippen und mit Augen wund.

Ich muß mich bald in eine Stille flüchten,
weil mein Gesicht, von zuviel Blicken krank,
allein sein muß mit seinen Furchtgesichten,
die in mir lauern, viele Nächte lang.

Ich muß mich ganz allein mit ihnen schlagen.
Nur wenn ich siege, kann ich zu euch gehn.
Dann stelle ich mich euch an allen Tagen,
dann kann ich wieder in Gesichter sehn.

1968

Milch und Brot

Ich habe Kinder. Wer will jetzt noch wissen,
warum ich nicht bei jedem Unrecht schreie?
Ich hab mir oft ins eigne Fleisch gebissen.
Ich brauche Brot und fürchte mich vor Kleie.

Ich steh im Leben, und ich rede drüber.
Die Kinder fragen, und sie wollen essen.
Oft stell ich Suppe hin und schweige lieber
und kann doch ihre Fragen nicht vergessen.

Den Durst nach Wissen stillt die Lüge auch.
Die Lüge macht den Durst sogar gelinder.
Ich brauche Wahrheit. Was ich sonst noch brauch,
sind Milch und Brot. Ich habe schließlich Kinder.

1958

Wenn

Wenn ich irgendwann
meine Feigheit aufgeben sollte,
obwohl ich kein Ziel sehe,
für das es sich lohnt,
Wohlstand und Sicherheit
an den Nagel zu hängen,
wie einen Tarnkittel.
Wenn ich irgendwann
aus meinem Fettberg trete,
in den ich mich verkrochen habe
in meiner schlotternden Angst
vor Verdächtigungen
und Demütigungen
und anderen Schmerzen.
Wenn ich irgendwann
mein Schweigen verlassen sollte,
diesen Nebel der Sprachlosigkeit,
obwohl ich
den Sinn nicht finde,
dann wohl nur aus Überdruß.

1979

Umgestaltungsblues

Das soll jetzt das letzte Mal sein,
daß einer mir Hoffnung macht,
das soll wirklich das letzte Mal sein –
Dieser Michael Gorbatschow
hat mich so weit gebracht.

Denn ich dachte, das ist es gewesen,
so was kommt nun mal dabei raus.
Denn ich dachte, das Ding ist gelaufen,
das Spiel zwischen Habicht und Maus.
Dann hab ich die Prawda gelesen,
da flippte ich beinahe aus.

Wenn einer da oben Bescheid weiß
und es wirklich genauso nennt
und die wirkliche Wahrheit so sein läßt,
daß jeder sie wiedererkennt,
und das Leben noch einmal den Sinn kriegt,
der die Freude von Trauer trennt.

Das soll jetzt das letzte Mal sein,
daß einer mir Hoffnung macht;
diese Menschheit ist noch zu retten.
Dieser Gorbatschow, dieser Träumer,
der hat mich so weit gebracht.

1987

An kritische Gäste

Bevor man euch noch irgendwas erklären kann –
seht euch die Kinder dieses Landes an:
So satt und selbstbewußt, wie hier die meisten sind,
saht ihr bisher nur reicher Leute Kind.
Hier aber sind es die von jedermann.
Wer wissen will, was dieses Volk gewann,
seh sich die Kinder dieses Landes an.

1983

Dazwischen

Als ich meine erste
und meine letzte Liebe
beieinander sah,
fragte ich mich verwirrt:
Warum hab ich mich,
auf dem langen Wege
dazwischen,
so oft verirrt?

1986

Anfang und Ende

An deinem Anfang,
wenn da Liebe war,
war sie auch Hoffnung –
und die wird
umsonst gegeben.

An deinem Ende
brauchst du,
um als Mensch
zu enden,
nichts
als die Liebe,
die durch nichts
zu kaufen ist.

1986

Dichter

Fangen meist bei sich an,
um diese Welt zu verstehn,
verheddern sich leicht
in der Gegenwart,
weichen aus
in die Vergangenheit.
Dort langweilen sie sich bald
und suchen
Zerstreuung in der Zukunft,
die sie leider schon vorher
zu genau
durchträumt hatten.
Von dem,
was sie in die Gegenwart
zurückbringen,
geben sie alles her.

1987

Die beiden

Die beiden unstillbaren
und größten Hoffnungen
der Menschheit:
Ein Leben vor dem Tode
und ein Leben danach.

1988

Von jedem

Von jedem
kann einmal gesagt werden:
Er hat gelebt.
Manchmal
bleibt dann der Wind stehen.
Manchmal
bewegen sich nur
die Dinge leiser.
Manchmal
beginnt dann
ein weltweites
jahrhundertelanges
Gespräch.

1987

Inhalt

ISBN 3-351-01513-5

1. Auflage 1989
© Aufbau-Verlag Berlin und Weimar 1989
Einbandgestaltung Ingeborg Jann
Typographie Kristina Niklaus
Grafischer Großbetrieb Sachsendruck Plauen
Printed in the German Democratic Republic
Lizenznummer 301.120
Bestellnummer 614 088 5
00960